날마다 펼쳐보는 꿈속에 만난사랑
아련히 떠오르는 그대의 아름다움
라디오 음파타고 희망빛 반짝이니

십년내 이룰약속 한걸음 차근차근
이대로 무리없이 시계침 돌아가듯
월화수 목금토일 하루도 쉬지않고

산넘고 물건너듯 안전한 삶의항해
석양빛 황혼녘에 해와달 공생공존

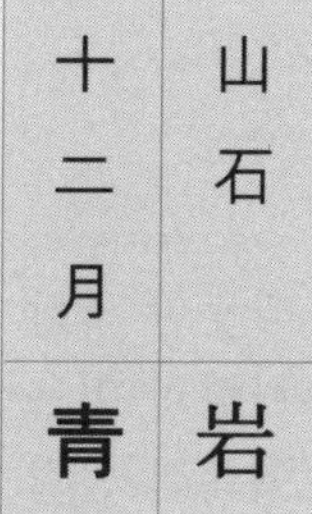

2025. 12. 12
青岩 이 상 옥

목 차

삼행시

돌사랑 04   아미새 05   인생락 06
차크라 07   해탈시 08   호롱불 09

사행시

가라사대 10   날개좋아 11   도전정신 12
부부바위 13   사바세계 14   오빠생각 15
건곤일척 16   고진감래 17   권토중래 18
금지옥엽 19   난형난제 20   명경지수 21
명약관화 22   반면교사 23   삼고초려 24
상선약수 25   우공이산 26   우이독경 27
월하노인 28   자승자박 29   점입가경 30
초지일관 31   파죽지세 32   호사다마 33
호의호식 34   화룡점정 35

오행시

당연한 만남 36   따뜻한 사람 37
마음과 마음 38   사랑과 미움 39
일체유심조 40   행복한 섬길 41

육행시

게이트볼 운동 42   무릉별유천지   43
아들집 가는 길 44   영랑호 황톳길   45
이것이 易이다 46   해변 맨발 걷기 47

칠행시

그리운 사람 냄새 48   노인대학 최고다   49
멋지게 늙어가자   50   세월에 던진 사랑   51
아내의 비밀 서랍 52   하루밤 만리장성   53

多행시

영춘접복 화기치상 54
지난 추억 생각하며 55
중호지 중오지 필찰언 56
보고만 있어도 좋은 당신 57
십이월 산석 소박한 행시집 58
인천 팔미도 향한 버스안에서 59
여생을 아름답게 즐기며 삽시다 60
좋아 좋아 당신 좋아 61
당신에게 하고 싶은 말 62

돌사랑

돌처럼 변치않는 너와나 맺은인연
사무친 마음엮어 영원히 변치말자
랑랑한 목소리로 돌사랑 여한합창

아미새

아마도 꽃다운때 머리결 날리면서
미지의 꿈을안고 젊음을 불태우고
새로운 삶을위해 마음껏 즐겼으리

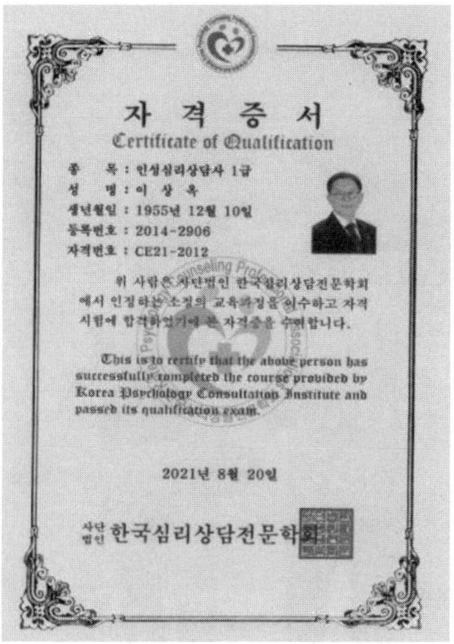

[한국심리상담전문학회] 인성심리상담사 1급 자격증

인생락 (人生樂)

인심을 좋게쌓아 이웃과 화친하고
생동감 활기왕성 한없이 넓게떨쳐
락천적 마음으로 삶의맛 즐겨보세

차크라(Chakra)

차분히 좌정하고 소우주 심신수양
크다란 삶의공간 무의식 마음열어
라스트 기문소통 천지인 자아존귀

* Chakra :
 - 급소
 - 태양이나 지배자를 상징하는 고리

[한국역리학회] 1급 작명사 자격증

해탈시 (解脫詩)

해맑은 눈빛으로 인생사 시야넓혀
탈색된 삶의굴곡 꿈같은 환상세계
시공간 초월수련 무소유 행복통감

보국훈장 광복장

호롱불

호불면 좌우살랑 꺼질듯 넘어질듯
롱런할 불빛기운 어둠을 밝힐등불
불로초 장생수복 내인생 삶의좌표

[행복한 가정] 화제의 인물 인터뷰

가라사대

가정이 편안하면 모든일 잘풀리고
라이딩 인생길은 반드시 행복보장
사소한 감정버려 멋진삶 연출하는
대인배 넓은마음 만인의 사랑듬뿍

날개 좋아

날면서 생각하는 미래의 인생설계
개념을 명확실익 재능끼 활발성취

좋은맘 싹을티어 장고에 방법찾아
아우라 삶의연출 내욕구 여생행복

⊙ 이상옥 닉네임 : 날개 좋아
⊙ 날개(李箱 : 李相) 좋아(OK : 玉)

방이라는 밀폐된 곳에서 억압된 자아의식을 벗어나
자아회복을 하려는 내 심리를 상징적으로 보여주는
날개가 다시 돋기를 바라는 나의 모습에서
삶의 의미와 자아를 찾아 자유롭게
살아가고 싶다는 소망을 나타내는 소설 속으로…

도전 정신

도약의 첫걸음은 언제나 설레임이
전도가 유망하니 초심꿈 자아실현

정열적 활성행진 자긍심 무한연출
신나게 재능역량 펼치는 삶의행복

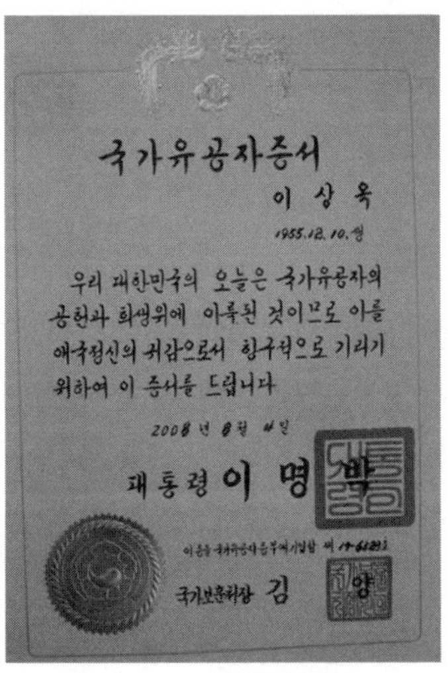

[대한민국] 국가유공자 증서

부부바위

부인은 의지하고 기댐에 행복하고
부군은 품어주어 위로함 아름다워
바라고 소원함은 부부애 변함없이
위하고 배려함을 자연의 조화처럼

부부바위

사바세계

사람의 마음씨앗 생각을 일깨우니
바르게 행동하여 초능력 자아실현
세상사 파노라마 견디고 이겨내어
계측된 균형감지 삶의길 지혜롭게

영남알프스 간월산(해발 1,069 m)

오빠 생각

오늘도 보고싶은 멋있는 젊은청춘
빠르게 반응반사 정열이 솟는기상
생전에 못느끼던 따스한 마음주는
각설이 품바인생 손잡고 함께덩실

건곤일척 (乾坤一擲)

건실한 심신초석 원대한 인생설계
곤룡포 장식근엄 삶의혼 무궁승화
일평생 초지일관 무소유 수분지족
척지을 관계금행 즐겁게 소통화합

(사)한국역리학회 한국역술인협회 중앙회 부총재 임명
2024.04.27

(사)한국역리학회 한국역술인협회 중앙회 부총재 임명

고진감래 (苦盡甘來)

고생을 겪은만큼 기쁨과 즐거움이
진가를 보여주어 보람된 지난추억
감출수 없는마음 온동네 자랑하고
래일도 희망등불 생동감 운기충전

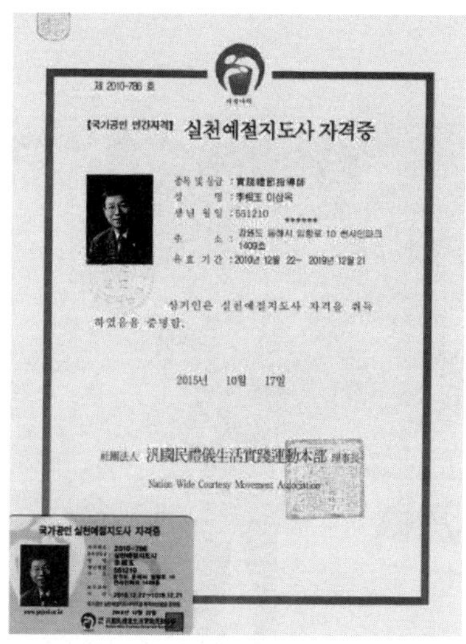

[국가공인 민간자격] 실천예절지도사 자격증

권토중래(捲土重來)

권력욕 숨긴과욕 한순간 드러내어
토속적 불신풍조 인간성 염치불구
중용도 무지군집 레밍들 이합집산
래일은 평정기원 만인이 소욕지족

국회 방문

금지옥엽(金枝玉葉)

금세기 보기드문 특별한 삶의연출
지극히 선한마음 만인에 덕성평안
오호라 인생여정 언제나 풍류낙원
엽사람 내사랑님 여생을 함께행복

저서 : 경험철학
　　　 창의적 바른생활 예절
　　　 실증 성명학

난형난제(難兄難弟)

난해한 삶의현실 현명한 판단으로
형설의 공을쌓듯 열과성 일로매진
난국을 극복하는 지혜를 최대발휘
제자리 찾아오는 심신의 원기충전

(사)대한노인회 동해시 노인대학 특강
강사 : 도역심리복지상담소장 청암 이상옥 박사

명경지수(明鏡止水)

명랑한 기분으로 아침을 시작하고
경보의 걸음처럼 차분한 마음으로
지나간 삶의흔적 소중히 담아간직
수많은 세파체험 내일은 밝고맑게

노인대학 강의

명약관화(明若觀火)

명랑한 마음으로 참좋은 생각하고
약진의 발판삼는 초심을 바로잡아
관심사 초지일관 행복삶 미래지향
화초에 사랑주듯 포근한 정성듬뿍

노인대학 강의

반면교사(反面敎師)

반듯한 인성갖춘 사람들 사는모습
면면히 특별한삶 살피서 성찰기회
교만한 언행불용 배우며 실천정진
사방에 지혜품성 기쁨의 마음향기

삼고초려(三顧草廬)

삼일간 심사숙고 신통한 소원성취
고도의 운기생동 다방면 지혜발휘
초심에 기반두고 청원에 초지일관
려남은 관계유지 만인의 삶의교훈

도역심리복지상담소 청암 이상옥

상선약수(上善若水)

상류층 인생항로 초심을 바로잡아
선량한 성품혜안 소원사 만사형통
약향기 심신치유 삶의혼 생동활력
수복운 천지신명 소중한 생명보위

삶의 현실

우공이산(愚公移山)

우월감 천지진동 열정적 대도무문
공든탑 정성관리 지극한 관심보완
이세상 안개세파 굳세게 이겨내어
산적한 어려운일 기어코 목적달성

강원권역 농촌돌봄서비스 워크숍 특강

우이독경 (牛耳讀經)

우매한 말과행동 자신을 혼동속에
이성적 마음생각 현실을 직시하고
독선적 자기주장 신뢰성 무너질라
경솔한 판단말고 만사에 심사숙고

강원권역 농촌돌봄서비스 워크숍 특강

월하노인(月下老人)

월등한 기예능력 겸손과 미덕으로
하심성 평정일상 거시적 안목지향
노력의 최선쇄신 안정적 수양선법
인성을 갖춘성품 덕성미 지혜출중

웃음치료 강의

자승자박(自繩自縛)

자만심 내려놓고 성찰의 여유속에
승자의 상대배려 포용성 교감화합
자신이 가진성품 언제나 언행일치
박식함 우쭐없이 배움길 유유자적

한중대학교 인성교육

점입가경(漸入佳境)

점진적 삶의목표 분명한 좌표설정
입산길 좌우굴곡 완급도 적이조절
가능한 역랑발휘 무한한 재능활성
경각심 초지일관 만사에 언행일치

초지일관(初志一貫)

초면에 밝은미소 당신과 인사하며
지금도 처음만난 반가운 마음으로
일상을 즐기면서 생동감 활기차게
관광차 승차하고 인생길 무한여행

ㅇㅇ 고등학교 인성교육

파죽지세 (破竹之勢)

파괴력 강한의지 언제나 활력있게
죽순이 올라오듯 생동감 항시분출
지극한 정성모아 열정적 삶의노력
세상사 희로애락 만인의 행복인생

○ ○ 고등학교 인성교육

호사다마(好事多魔)

호감도 높은신뢰 의기가 충만되어
사람의 능력활용 최고의 가치보존
다다른 목적정상 그자리 안전유지
마음과 정신일치 행동의 인품최선

○ ○ 고등학교 인성교육

호의호식 (好衣好食)

호탕한 성품으로 나만의 인생소풍
의타심 선천성품 이웃과 화기애애
호젓한 마음먹기 힐링의 치톤피드
식탁위 차려놓은 사랑혼 건강행복

ㅇ ㅇ 중학교 인성교육

화룡점정 (畵龍點睛)

화창한 날씨처럼 마음을 밝고맑게
룡천운 생동기백 왕성한 체력관리
점진적 인생항로 즐기는 유랑여행
정신력 재무장혼 언제나 변화무쌍

○ ○ 중학교 인성교육

당연한 만남

당신이 애지중지 소중히 간직하던
연분홍 실금미소 그표정 당김기운
한번은 주고싶어 내미는 고운입술

만감이 교차되는 황홀한 최고온도
남들과 다른느낌 행복감 기분전환

ㅇㅇ 초등학교 인성교육

따뜻한 사람

따슴의 정감흐름 삶의혼 무한유영
뜻있는 사람함께 가슴이 뻥뚤후련
한바탕 풍류낙원 어울림 멋의향기

사방을 둘러봐도 내마음 황홀사색
람보와 길손인연 진솔한 사랑엮네

○ ○ 초등학교 인성교육

마음과 마음

마주친 눈빛주파 심금을 울림주니
음향에 순간마취 심신이 안정기분
과민한 반응없이 평안함 서로소통

마부가 고삐잡아 무언의 행동하며
음량을 조율하며 다정한 가슴사랑

○ ○ 초등학교 인성교육

사랑과 미움

사람이 가진재능 다양한 기질역량
랑만감 풍성인품 정서적 음양화합
과민한 교감소통 다정감 가슴열정

미련이 쌓인감성 심금이 울렁술렁
움크린 마음열어 즐기며 삶의여행

○ ○ 초등학교 인성교육

일체유심조

일소일소 인생환희
체면모두 망각순간
유현무현 풍류낙처
심란세상 무념무상
조화경지 자아심종

행복한 섬길

행운아 붐비는곳 감동해 너의온정
복받은 하대암도 멋지고 아름다워
한가한 심신힐링 삶의맛 향기솔솔

섬해변 파도소리 둘래갈 사랑노래
길따라 새긴굴귀 감성의 생동호흡

게이트볼 운동

게임이 주는기쁨 다함께 즐기면서
이제야 깨우치니 세상사 쉽지않음
트릭을 시도한다 웃음만 터지게해
볼거리 너무많아 건강에 최고보약

운좋게 첫관문을 한타에 통과하니
동안이 휘둥그레 깜짝쇼 행복듬뿍

강원특별자치도 게이트볼 대회 심판

무릉별유천지

무심코 발걸음한 동트는 도시산속
릉구름 해빛가려 서정감 심신힐링
별과달 어울풍경 한삼동 문우번개
유명소 아이관광 에너지 젊음충전
천지간 운기생동 언제나 아름다움
지금이 청춘세월 영원한 삶의행복

동해시 무릉별유천지

아들집 가는 길

아 정말 쏙들어가 마음껏 즐겨볼까
들어가 무엇부터 해야만 될는지를
집안에 쑥넣은몸 양방이 유혹하네

가만히 살짝걸음 둘이서 소근달근
는대네 자주가면 달콤한 꿀향듬뿍

길속에 주름살이 청량수 갈증푸네

영랑호 황톳길

영롱한 눈빛으로 평상심 기분전환
랑만적 삶의여유 백세의 행복항진
호탕한 웃음모음 한마당 어울덩실

황금빛 카펫위로 힐링의 맨발걷기
톳향음 심호흡은 차크라 운기소통
길따라 사는인생 화려한 추억여생

해군함정 방문기념

이것이 易이다

이사람 저사람 어울리며 사는세상
좋든 싫든 상대하며 살아가는 현실에

것돌고 싶어도 빠져들고 돌고도는
시간 속에 희노애락 세월따라 흐르네

이많은 경험들 누구라도 외면못해
긍정부정 조건없이 처세따라 다르니

易글자 품은뜻 천지기운 상생상극
상황따라 천변만변 변화무쌍 무한대

이처럼 변하고 달라지는 과거현재
미래굴레 빈부귀천 구별않고 동등해

다른듯 같은듯 심오한삶 인연숙명
운명만남 이모든것 역학원리 따르네

해변 맨발 걷기

해오름 수평선위 날마다 좋은느낌
변장한 모습으로 모래길 걷는정서

맨탈속 청정정화 복잡한 현실이탈
발견된 바다풍경 마음과 눈에담아

걷는길 감상쓰며 기쁨과 즐거움이
기막힌 추억되어 행복함 영원하리

[한국역리학회] 역학상담사 자격증

그리운 사람 냄새

그림에 담은애정 꿈으로 승화되어
리얼한 추억솔솔 보고픔 성을쌓아
운명이 맺은인연 멀고도 가까운듯

사랑혼 심신너울 가슴속 오매불망
람스타 오색물결 꽃바람 향기만취

냄이사 뭐라하든 누군들 어떠하랴
새롭게 만난연분 음과양 소통화락

[한국역리학회] 대한민국 성명학 대명인증

노인대학 최고다

노래해 손뼉쳐 즐거웁게 어깨춤
인자한 당신을 존경하고 사랑해
대단해 멋지다 그대모습 그리워
학교에 왔으니 열공으로 배우세

최면술 영기혼 무아심취 훨훨훨
고마움 감사함 진솔한맘 전하며
다함께 뜻모아 시야넓혀 살아요

[한국역리학회] 대한민국 역학 대명인증

멋지게 늙어가자

멋있는 사람들은 마음이 아름답고
지겨운 무리들은 꼬라지 보기싫어
게으른 패거리는 눈길도 주지말며

늙은이 기억속에 지나간 일에집착
어슬픈 언어사용 모두가 황당하게
가까운 사이끼리 서로가 이해하며
자존심 내려놓고 즐겁게 살아가세

성균관 유림 유복

세월에 던진 사랑

세파에 실은마음 반딧불 깜빡초롱
월광채 밝은신호 품은꿈 소원빌며
에어컨 시원바람 삶의혼 청량유영

던진정 애지중지 한아름 품어안아
진솔한 교감소통 믿음속 정든너와

사방을 둘러봐도 이토록 좋은기분
랑자의 모습어울 풍악에 덩실춤을

행정군무사무관 이상옥 퇴직식

아내의 비밀 서랍

아무리 궁금해도 알려고 하지말고
내안의 소중한것 최선의 노력으로
의문점 쌓지않게 수시로 대화소통

비선책 하나쯤은 스스로 간직하니
밀회의 기회선택 즐기는 마음행복

서로의 가치존중 다정한 믿음사랑
랍스타 속살처럼 숨겨진 황금보물

독도 방문

하루밤 만리장성

하나가 둘이되어 황홀한 밤을새고
루비색 짙은보물 영혼을 달래주니
밤깊은 꿈의여로 기쁨과 즐거움에

만남의 소중함을 그때를 회상하며
리얼한 음양화합 희열이 쌓인여운
장면을 변화주어 구수한 마중물맛
성향이 동감되니 긴시간 함께했네

성균관 의례 관복

영춘접복 화기치상(迎春接福 和氣致祥)

영하의 터널지나 따스한 기운받는
춘삼월 돋아나온 파아란 새싹보며
접었던 온갖것들 기지개 활짝펴고
복짓는 초심발동 힘차게 시작하소

화기찬 생동활력 움추림 털어내고
기운이 왕성하여 천지간 소통원활
치솟는 봄의향기 심신혈 흠향도취
상생감 교감화목 너와나 어울행복

역학 상담실

지난 추억 생각나서

지금도 잊지못해 꺼내본 그림한장
난로불 온기사랑 언제나 가슴보온

추임새 정갈하게 심신도 일체유심
억세게 그리운정 날마다 꿈의여행

생기운 밝은화색 언제나 아름답게
각별히 만난인연 평생을 정겨웁게
나홀로 보낸세월 채워진 고운사랑
서로의 가슴속에 새겨둔 당신마음

중호지 중오지 필찰언(衆好之 衆惡之 必察焉)

중심을 못잡아서 바람에 흔들리면
호흡이 불편하니 평상심 명상기도
지당한 삶의생각 찬찬한 물결서정

중용을 따르는맘 하시처 평온평정
오만심 멀리하고 신선의 경지속에
지극한 심신수양 자아를 찾아가며

필연의 내인연과 맛스런 삶을펼쳐
찰나의 순간순간 환희감 만끽하니
언연중 도인되어 필찰언 중호오지

* 중호지 중오지 필찰언 :

많은 사람들이 싫어해도
반드시 좋은 점이 없는지 살펴 보아야 하고,

많은 사람들이 좋아해도
반드시 나쁜 점이 없는지 살펴 보아야 한다

보고만 있어도 좋은 당신

보석을 보는듯한 티없이 맑은모습
고운빛 밝혀주어 이토록 흐뭇하네
만사를 뒤로하고 평온함 느끼면서

있는것 무엇이든 모두를 주고싶소
어릴때 못느낀정 가슴속 들어오네
도대체 어느누가 나만큼 즐거울꼬

좋아서 웃는모습 추억속 그림그려
은근히 자랑스런 영원한 우리사랑

당신과 정겨움은 언제나 싱글벙글
신나는 삶의활력 날마다 만들어요

십이월 산석 소박한 행시집

십년의 변화기류 여가를 즐기면서
이좋은 삶의요람 멋지게 연출하며
월등한 재능발휘 영원한 사랑담아

산좋고 물새좋은 요지에 자리잡고
석학들 모여드는 한마당 어울리니

소기의 목적달성 일체가 유심조라
박수를 받는기분 나만의 기쁨되어
한평생 길이남을 흔적을 새겨놓아

행여나 알아보고 응원의 격려넘쳐
시작문 풍류타니 모두가 소통되고
집안의 파안대소 행복을 듬뿍안네

인천 팔미도 향한 버스안에서

인의예지 담은 유생들과 함께
천리길을 가며 삼행시책 읽어

팔랑대는 마음 신중하게 좌정
미련하던 행심 쾌활성품 득심
도인되는 기분 오늘하루 최고

향기품은 밝은 모습으로 인사
한가롭게 공상 많은사람 감사

버림없이 담아 삼행시에 소제
스스로이 기록 맛나도록 작시
안보이는 마음 글로쓰니 환희
에헤이야 좋다 한세상을 노래
서로에게 정담 모두모두 기쁨

여생을 아름답게 즐기며 삽시다

여러분 세상만사 뜻대로 안되어도
생동감 잃지않고 언제나 활기차게
을사년 한해에는 친구와 어울려서

아이들 소풍가듯 색동옷 차려입고
름름한 모습으로 어깨춤 함께일렁
답답한 마음풀어 삶의혼 기분전환
게으른 나의성품 한순간 탈출해서

즐기는 여유로움 스스로 만들면서
기백의 왕성함을 에너지 충전으로
며칠만 일상떠나 심신을 힐링하고

삽화속 담은인생 누구나 많은곡절
시류에 날려보내 홀가분 유유자적
다같이 공감소통 여생을 행복듬뿍

좋아 좋아 당신 좋아

청암의 모습
바로미터 첫인상
지성미 보여

차분한 성품
림프액 운기활성
새로운 희망

언행일치 짱
제해무상 인생길
나는야 좋아

초면의 인연
긍정적 마음으로
적절한 신뢰

멋과맛 풍겨
지근간 교감소통
다함께 행복

당신에게 하고 싶은 말

오늘 말할까
아니야 내일 할래
아직도 못해

좋아 한다고
은밀히 속삭이듯
꿈같은 사랑

환장 하겠소
상사병 빠질까 봐
애틋한 하루

빠듯한 여유
지성으로 바라면
고지를 점령

삶의 맛 흠향
의연한 자아심취
혼과 백 무아

멋있는 모습
지극한 여생낙원
게으름 없네

나의 아내 사랑님

읽기 좋은 행시집

十 二 月 山 石

2025년 12월 13일 발행

저　　　자　이 상 옥 (상담심리학 박사)
이 메 일　durgkreh@hanmail.net

편　　　집　정 동 희
발　　　행　도서출판 한행문학
등　　　록　관악바 00017 (2010.5.25)
주　　　소　서울시 중구 을지로 18길12
전　　　화　02-730-7673/010-6309-2050
카　　　페　cafe.daum.net/3LinePoem

정　　　가　10,000원
I S B N　978-89-97952-62-5-02810

공급처　도서출판 한행문학
전　화　010-6309-2050